PRINCESSE Academy

Le Château de Nacre

Princesse Isabelle

et Blanche-Crinière

Cet ouvrage a initialement paru en langue anglaise en 2008
chez Orchard Books sous le titre :
Princess Isabella and the Snow-White Unicorn.

Adapté de l'anglais par Natacha Godeau

Mise en page et colorisation : Valérie Gibert et Philippe Sedletzki

Hachette Livre, 43 quai de Grenelle, 75015 Paris

Vivian French

PRINCESSE Academy
Le Château de Nacre

Princesse Isabelle
et Blanche-Crinière

hachette
JEUNESSE

PRINCESSE Academy
Le Château de Nacre

Institution

pour Princesses Modèles

Devise de l'école :

Une Princesse Modèle
est honnête, aimable
et attentionnée.
Le bien-être des autres
est sa priorité.

Le Château de Nacre dispense un enseignement complet, éducation artistique comprise, à l'usage des princesses du Club du Diadème. Notre programme inclut :

- Championnat d'Athlétisme Princier
- Excursion aux Monts Légendaires
- Stage d'écriture pour la Cérémonie du Cygne d'Argent
- Visite du Musée de la Musique du Roi Rudolphe III

* * *

Notre directeur, le Roi Édouard, habite l'aile principale du Château. Nos élèves sont placées sous la surveillance de l'Enchanteresse en Chef Marraine Fée, et de son assistante Fée Angora.

Notre équipe compte entre autres :

- La Reine Marjorie
(Éducation Sportive)

- Lady Hortense
(Secrétaire de Direction)

- Lord Henri
(Sciences de la Nature)

- La Reine Mère Matilda
(Maintien, Bonnes Manières et Art Floral)

Les princesses du Club du Diadème
reçoivent des Points Diadème afin
de passer dans la classe supérieure.
Celles qui cumulent assez de points
au Château de Nacre accèdent
au Bal de Promotion, au cours
duquel elles se voient attribuer
leur prestigieuse Écharpe de Nacre.
Les princesses promues intègrent
alors en cinquième année
le Manoir d'Émeraude,
notre établissement de très haut
niveau pour Princesses Modèles,
afin d'y parfaire leur éducation.

Le jour de la rentrée, chaque princesse est priée de se présenter à l'Académie munie d'un minimum de :

- Vingt robes de bal (avec dessous assortis)
- Cinq paires de souliers de fête
- Douze tenues de jour
- Trois paires de pantoufles de velours
- Sept robes de cocktail
- Deux paires de bottes d'équitation
- Douze diadèmes, capes, manchons, étoles, gants, et autres accessoires indispensables.

Coucou !
Je suis Princesse Isabelle, de la Chambre des Lys.
Je suis très contente de te voir au Château de Nacre !
Tu connais sans doute mes meilleures amies,
les Princesses Anna, Lucie, Inès, Emma et Sarah ?

Tu te souviens aussi des jumelles Précieuse et Perla ?
Alors tu sais que ce sont de vraies pestes...
surtout en voyage de classe !

À mes amis du Sri Lanka, avec mes remerciements
et toute mon affection, V.F.
Remerciements spéciaux à J.D.

Chapitre premier

Décidément, je n'ai pas de chance au Jeu de l'Oie, ce soir !

Je suis encore tombée sur la case 31 : le puits ! Je suis tellement contrariée que je n'entends pas arriver Noémie, une Princesse de la Chambre des Coquelicots. Je sursaute quand elle entre dans la Salle de Jeux !

— Devinez quoi ! crie-t-elle. On a un nouveau professeur ! Il s'appelle Lord Henri, il enseigne les Sciences de la Nature. Il est habillé tout en vert : son chapeau, sa cape, même ses bottes !

Et elle repart en vitesse avertir les autres élèves. Emma fronce les sourcils.

— C'est quoi, les Sciences de la Nature ? On étudie les plantes ?

— Oui, et les animaux, répond Sarah.

Lucie saute de joie.

— On va faire des balades en forêt, alors !

— Ce serait fantastique, murmure Anna, les yeux brillants.

Inès pose les dés et se lève.

— Allons voir le panneau d'informations scolaires. On en saura plus !

— Bonne idée ! je m'exclame en repliant le plateau de jeu.

Nous traversons rapidement le couloir principal. Le panneau est à côté de la porte du secrétariat.

Au moment où nous arrivons, Fée Angora y colle justement une invitation royale.

— Bonsoir, mes chéries, lance-t-elle en souriant. Une merveilleuse surprise vous attend ce week-end ! Lord Henri, votre nouveau professeur, organise une

excursion aux Monts Légendaires. Il vous invite samedi à la Forteresse des Cimes. C'est le nom de son château, sur le Pic du Sapin Blanc !

— Les Monts Légendaires ? souffle Lucie. Là où vivent les licornes ?

— Exactement, répond Fée Angora. Il est très, très rare d'en apercevoir, mais qui sait ? Vous aurez peut-être de la chance !

Je demande si c'est juste pour les licornes, que nous faisons ce voyage de classe. Fée Angora secoue la tête.

— Bien sûr que non, Princesse Isabelle ! Vous partez observer la nature en général. Le Roi Édouard souhaite que vous appreniez à mieux connaître le monde qui vous entoure.

— « Une Princesse Modèle aime et respecte toutes les espèces vivantes », récite Lucie.

Soudain, elle paraît inquiète. Elle ajoute :

— Vous croyez que nous devrons examiner des limaces baveuses ?

— Pas aux Monts Légendaires, en tout cas, assure la fée en riant.

— Et vous, Fée Angora, vous ferez quoi, ce week-end ? interroge tout à coup Anna.

L'Enchanteresse finit d'accrocher l'invitation de Lord Henri au tableau avant de révéler :

— Moi, mes chéries ? Mais je vous accompagne, bien sûr !

Et elle s'éloigne en chantonnant. Anna applaudit.

— Youpi ! Ce sera mille fois mieux avec elle !

— Qu'est-ce qui sera mille fois mieux ?

Nous nous retournons brusquement. Précieuse et Perla nous observent, immobiles dans le couloir. Je réponds :

— Nous allons toutes passer le week-end aux Monts Légendaires. Grande nouvelle, non ?

— Peuh ! se moque Perla d'un air méprisant. Si tu comptes voir une licorne, tu te fais des idées, ma pauvre Isabelle !

— Qui sait ? J'aurai peut-être de la chance !

C'est vrai, ça. Même Fée Angora l'a dit !

Perla persifle encore :

— Mère nous a appris que les licornes ne se montrent qu'aux *vraies* Princesses Modèles. Alors, si l'une d'entre nous doit en apercevoir ce week-end, ce sera Précieuse ou moi. Et sûrement pas *toi* !

Chapitre deux

Oh là là ! C'est long, d'attendre jusqu'à samedi !

Sarah a fait la liste des jours qu'il reste avant le week-end. Nous les barrons au fur et à mesure de la semaine... J'ai l'impression d'en rayer des centaines !

Enfin, samedi matin, nous nous réveillons à l'aube. Heureusement, car Fée Angora vient nous chercher beaucoup plus tôt que d'habitude !

— Debout, mes chéries !

Hop ! Nous sautons du lit et nous nous habillons à toute allure ! Nos bagages sont dans le vestibule depuis hier soir. Alors, quand Lord Henri arrive sur le perron du Château de Nacre, il nous trouve prêtes à partir.

— Parfait ! lance-t-il avec un large sourire. Montez dans les carrosses. Nous allons à la gare. Le Train Royal part à huit heures et demie précises !

— Le *train* ? répète Perla en grimaçant. Mère ne permettrait jamais que nous voyagions dans un vulgaire train ! Pas vrai, Précieuse ?

Mais sa sœur n'a pas le temps de répondre. Lord Henri éclate de rire :

— Ah ! Ah ! Ah ! J'adore votre sens de l'humour, les jumelles ! Allons, en voiture, maintenant !

Et il les force à s'installer dans un carrosse. Elles sont tellement stupéfaites qu'elles ne savent pas

quoi dire. Lucie pouffe à mon oreille :

— Ce Lord Henri me plaît beaucoup !

— Oui, à moi aussi ! je chuchote.

Le Train Royal est fabuleux ! Nous avons un wagon rien que pour nous, avec de moelleux coussins de velours violet et d'élégantes tentures assorties aux fenêtres. Nous les écartons pour admirer le paysage. Fée Angora est avec nous. Elle aussi, elle pousse des « oh ! » et des « ah ! » quand nous roulons au milieu d'une épaisse forêt et que nous traversons un long tunnel, creusé dans le flanc de la montagne.

— Si ça se trouve, nous allons

apercevoir une licorne! je murmure en regardant bien par la fenêtre.

Fée Angora entend mon souhait. Elle nous rappelle:

— Les licornes ne se montrent presque jamais. Alors, ne soyez

pas trop déçues si vous n'en voyez pas...

Nous hochons la tête mais, en réalité, nous continuons d'espérer. Surtout moi !

Peu après, le train entre en gare et freine en crissant. C'est une minuscule station de montagne. Une pancarte dit : « Dernier arrêt. Direction Pic du Sapin Blanc, Forteresse des Cimes. »

Nous descendons sur le quai. Lord Henri charge nos valises dans un chariot que tire un gros

cheval à l'air très doux. Précieuse et Perla posent les poings sur les hanches avec colère.

— Où sont les carrosses qui doivent nous conduire au château ? s'exclame Perla. Je vous préviens : il est hors de question que nous nous y rendions à pied !

— Absolument hors de question, renchérit Précieuse en s'asseyant, boudeuse, sur le banc de la gare.

Lord Henri éclate de rire.

— Ah ! Ah ! Ah ! Vous êtes de vraies rigolotes, vous deux ! Vous savez quoi ? Vous allez ouvrir la marche !

Et les prenant chacune par un bras, il les entraîne sur la route en pierre qui mène au château,

au sommet de la colline. Il plaisante :

— La Forteresse des Cimes est au bout du chemin, vous ne pouvez pas la rater... à moins de fermer les yeux !

Nous leur emboîtons le pas, le chariot juste derrière nous.

— Eh bien ! chuchote Inès. Lord Henri sait clouer le bec à ces pestes de Précieuse et Perla !

— Oui, je sens qu'on ne va pas s'ennuyer ! ajoute Lucie, enchantée.

La Forteresse des Cimes n'est pas un beau château de conte de fées, mais c'est quand même très confortable ! Il y a un feu dans la cheminée du salon, et de nombreux fauteuils et canapés moelleux.

Après le déjeuner, Lord Henri nous montre notre dortoir. La chambre est sublime ! Nous sommes perchées tout en haut d'une

tourelle, et la vue sur la forêt est magnifique. Au loin, les sommets enneigés scintillent au soleil...

— On se croirait dans un tableau ! s'écrie Emma, émerveillée, en courant à la baie vitrée.

— D'ici, on pourra facilement repérer des licornes, j'espère. Qui veut faire le guet ?

— Je commence ! se propose Anna.

Soudain, elle se fige, le nez collé au carreau. Elle bredouille :

— Isabelle ! Tu vois, là-bas ?! Je crois bien que c'en est une... une licorne !

Le cœur battant, je regarde dans la direction qu'elle pointe du doigt... et je ne peux pas m'empêcher de rire :

— Oh, Anna : c'est un mouton !

Chapitre trois

Dong ! Dong ! Oh ! C'est une cloche au salon.

Lord Henri sonne le rassemblement ! Vite, nous descendons au rez-de-chaussée. Anna pousse un gros soupir :

— Tu sais, Isabelle, j'ai vraiment cru que c'était une licorne...

Je la réconforte :

— N'importe qui aurait pu se tromper !

À cet instant, nous tombons nez à nez avec Perla, au pied de l'escalier. Elle a tout entendu !

— Toi, Anna ? jette-t-elle en grimaçant. Apercevoir une licorne ? Tu prends tes rêves pour des réalités !

— Entrez, Princesses ! Entrez ! nous presse alors Lord Henri, à la porte du salon.

Il tend une pile de cahiers à Précieuse et Perla.

— Tenez, les deux rigolotes ! Distribuez ça à vos camarades, s'il vous plaît ! Et les autres, asseyez-vous !

Les jumelles plissent le nez avec dédain. Elles détestent rendre

service, elles pensent qu'elles sont beaucoup trop bien pour ça ! Cependant, elles gardent le silence et obéissent à contre-cœur. Je me mords les lèvres pour ne pas rire !

— Maintenant, ouvrez chacune votre cahier, reprend Lord Henri. Sur la première page, il y a une liste d'animaux. Plus loin, vous trouverez leurs photos et

des descriptions qui vous aideront à les identifier pendant votre excursion dans la forêt.

Je consulte rapidement la liste. Nous allons aussi devoir trouver des oiseaux, et même des insectes ! Lord Henri continue son explication :

— Lorsque vous aurez repéré l'un des animaux de la liste, ne vous en approchez pas. Respectez

sa tranquillité. Notez simplement dans votre cahier où vous l'avez vu, et ce qu'il faisait. Celles d'entre vous qui auront réussi à observer tous les animaux de la liste recevront dix Points Diadème en récompense !

Avec mes amies, nous échangeons des sourires complices. Youpi ! Voilà une bonne occasion de remporter des points !

— Encore un détail, je vous prie...

Lord Henri adresse un clin d'œil discret à Fée Angora.

— Vous recevrez dix Points Diadème supplémentaires pour

chaque Mésange des Neiges que vous apercevrez ! Ah ! Ah ! Ah ! Ces petits oiseaux-là sont plus rares qu'un lac gelé en été !

Enfin, il conclut :

— Soyez de retour au château à cinq heures et demie tapantes. La cloche de la Tour de Garde retentira. Rassurez-vous, on l'entend de très loin ! Ah ! Encore une chose : la première d'entre vous qui reviendra après avoir complété sa liste obtiendra dix Points de plus que les autres ! En route, mesdemoiselles !

Mais d'abord, Sarah a une question.

— Excusez-moi, Lord Henri... Il n'y a pas de licorne sur la liste. C'est une erreur ?

— Hélas non, ma chère Princesse ! souffle notre professeur.

Un voile de tristesse assombrit son visage. Il confie :

— Cela fait longtemps qu'on n'en a pas vu dans les parages. Nous pensons qu'elles ont migré vers le nord...

Perla ricane en pointant Anna de l'index.

— Et dire qu'elle était sûre d'en avoir aperçu une par la fenêtre !

— Si cela pouvait être vrai !

soupire Lord Henri. D'après la légende, la Forteresse des Cimes tombera en ruine le jour où les licornes quitteront le Pic du Sapin Blanc... Allons, partez en excursion, à présent. Il n'y a plus une minute à perdre !

Nous sortons du château, puis nous empruntons le sentier de la forêt. Lucie remarque :

— Pauvre Lord Henri ! J'ai de la peine pour lui !

— Oui, moi aussi. Je...

Inès s'interrompt brusquement. Elle se met à chuchoter :

— Regardez, là, dans l'arbre...

Nous scrutons le feuillage.

Un adorable petit rongeur au poil roux siffle entre ses dents…

— Un écureuil ! se félicite Sarah. Il est sur notre liste ! Remplissons nos cahiers, les filles. J'ai l'impression que les choses

commencent plutôt bien pour la Chambre des Lys !

Qu'il fait beau, cet après-midi ! Cette excursion est vraiment un plaisir ! Nous nous promenons dans les bois en observant des lapins, des moutons, des rouges-gorges, des papillons... Le soleil traverse les branches des grands sapins et ses rayons glissent sur l'herbe où s'épanouissent de minuscules fleurs bleues au parfum délicat.

— C'est un vrai Paradis ! s'exclame Emma quand nous approchons enfin du sommet du

Pic du Sapin Blanc. Hé ! Il y a un aigle argenté, qui plane là-bas ! Vous voyez ?

— Victoire ! applaudit Sarah. C'était le seul animal de la liste

qui nous manquait ! À nous les Points Diadème !

— Mince, grogne alors Anna, près de moi. J'ai cassé la mine de mon crayon... Isabelle, tu me prêtes le tien ?

Mais je ne réponds pas. Je fixe un bosquet sombre, à quelques mètres du sentier. J'ai vu quelque

chose, à travers les feuilles... quelque chose de *blanc* ! Je plisse les yeux, je me concentre... Et, tout à coup, je l'aperçois. Une magnifique licorne apparaît au milieu de la clairière ! Puis, avec une grâce infinie, elle se retourne. Elle s'enfonce dans la forêt et disparaît de nouveau. À côté d'elle

galope un poulain au pelage de nacre. Je frissonne d'émotion. Quelle vision féerique !

— Je n'ai jamais rien vu d'aussi beau, chuchote Sarah, abasourdie.

Inès et Anna hochent lentement la tête, tandis qu'Emma se frotte les paupières, stupéfaite. Lucie murmure :

— Le poulain vient de naître, il n'a même pas encore de corne sur le front...

Nous nous taisons un moment, hypnotisées par ce que nous venons de voir. C'était magique !

Chapitre quatre

Nous redescendons le sentier de la montagne pour rentrer au château. Anna se réjouit d'avance :

— Lord Henri va être content. C'est une bonne nouvelle !

— C'est quoi, la bonne nouvelle ? s'écrie soudain une voix.

Nous nous arrêtons : Précieuse et Perla arrivent par le chemin d'en face.

— Nous avons vu une licorne ! je m'écrie aussitôt.

Si j'avais réfléchi, je n'aurais rien dit à ces pestes. Mais je suis trop heureuse de notre aventure extraordinaire, je continue, tout excitée :

— Une vraie licorne, hein ! Et en plus, il y avait un bébé ! Une petite licorne toute mignonne qui trottait derrière elle !

— Tu entends ça, Précieuse ?

Perla hausse un sourcil moqueur.

— Isabelle a des hallucinations ! Elle a dû prendre un coup de soleil… Il faut avertir Fée Angora !

Précieuse pouffe. Je proteste :

—Je ne mens pas ! C'était bien des licornes…

— Laisse tomber, Isabelle,

m'interrompt alors Anna. Nous savons ce que nous avons vu. Le reste n'a aucune importance !

— *Au-cu-ne im-por-tan-ce*, répète Perla en imitant méchamment Anna. En tout cas, nous, on a terminé ! Nous avons réussi à trouver tous les animaux de la liste. Et nous avons même aperçu cinq Mésanges des Neiges ! N'est-ce pas, Précieuse ?

Sa sœur hésite. Elle bafouille :

— Heu... cinq, tu es sûre ?

— Certaine ! D'ailleurs, nous rentrons immédiatement au château pour gagner des tas de Points Diadème !

Et Perla s'éloigne sur le sentier en lançant :

— À plus tard, les perdantes !

Précieuse veut la suivre, mais je remarque qu'elle boite. Elle gémit :

— Attends, Perla, j'ai trop mal ! Il y a un ruisseau, là-bas. Je peux mettre mon pied dans l'eau fraîche ?

— On n'a pas le temps, refuse sa sœur. On doit rentrer les premières, n'oublie pas.

— Mais j'ai vraiment mal ! sanglote Précieuse.

Elle s'assoit sur une souche d'arbre. Perla ne ralentit même pas. Elle gronde par-dessus son épaule :

— Tu n'as qu'à rester avec les nulles de la Chambre des Lys, espèce de douillette. Moi, je rentre !

Et elle disparaît au détour du chemin.

Précieuse enlève sa chaussure en soupirant. Nous nous approchons d'elle. Son pied est rouge et enflé. Elle a une énorme cloque au talon !

— Oh, ma pauvre, la plaint Lucie. Ça doit être douloureux...

— Ça oui ! Il y avait un caillou dans ma chaussure, mais Perla n'a pas voulu qu'on s'arrête pour que

je le retire. Je souffre horriblement !

Emma a une idée. Elle tire un mouchoir de sa poche :

— Tiens, je te le prête, Précieuse. Enroule-le comme un bandage autour de ton pied, ça te soulagera...

— Ce serait plus efficace si on le mouillait un peu, non ? je suggère.

Emma est d'accord. Elle me tend le mouchoir et je cours au ruisseau, derrière les grands sapins qui bordent le sentier. L'eau est si claire que je peux voir tous les galets, au fond. Je me dépêche d'y tremper le mouchoir d'Emma. Je le tords ensuite entre mes mains pour l'essorer... quand un bruit de sabot dans l'herbe me fait subitement lever la tête.

Oh !

Je n'en crois pas mes yeux : le bébé de la licorne est là, devant

moi, de l'autre côté du ruisseau !

Il me fixe sans bouger. Son regard sombre est très profond. Il a une tache bizarre au cou, comme un « S » dessiné par une touffe de poils gris sur sa robe blanche immaculée. Je suis éblouie par tant de beauté !

Mais voici qu'il pousse un hennissement joyeux, secoue sa crinière... et repart au triple galop dans les bois !

Chapitre cinq

Je me sens fière. Quel honneur : la licorne a choisi de se montrer *à moi*... C'était fantastique !

Sur le moment, je n'ose pas en parler. Je ne suis pas une prétentieuse ! Je rejoins tout simplement mes amies. Lucie enroule le mouchoir humide autour du pied de Précieuse. Puis nous regagnons la Forteresse des Cimes. Anna et moi aidons Précieuse à marcher en la soutenant par les bras.

Nous arrivons pile au moment où la cloche sonne.

— Regardez ! s'écrie Anna. Fée Angora est à la grille du château ! Courage, Précieuse. Elle va s'occuper de toi !

Dès qu'elle nous aperçoit, l'Enchanteresse se précipite vers nous.

— Oh, Précieuse, ma chérie,

je vous attendais ! Perla m'a expliqué, pour votre pied. Elle est tellement gentille d'être revenue si vite pour me prévenir ! Je lui ai donné cinq Points Diadème.

Nous en restons bouche bée.

Précieuse, elle, devient verte de colère ! Elle s'étrangle :

— N'importe quoi ! Perla voulait seulement arriver la première ! Elle m'a abandonnée en route parce qu'elle avait peur que je la ralentisse ! Dis-lui, toi, Isabelle !

Oh là là ! Je ne veux surtout pas rapporter, c'est trop horrible. Mais je ne veux pas non plus défendre Perla. Je bredouille :

— Perla semblait plutôt pressée...

Fée Angora hoche la tête. Elle prend Précieuse par la main et lance :

— Rentrons. Tout le monde est

déjà là et le dîner va être servi. Je vous soignerai après, Princesse Précieuse. Vous serez vite rétablie !

Nous traversons le salon. Les Princesses du Château de Nacre nous dévisagent. Fée Angora leur fait signe de nous suivre à la salle à manger, où nous retrouvons bientôt Lord Henri.

Il est assis en bout de table, sur une chaise au dossier sculpté. Perla est à sa droite, l'air hautaine.

— Installez-vous ! nous accueille Lord Henri. Princesse Précieuse, prenez place à ma gauche, je vous prie...

À ces mots, Perla lance à sa sœur :

— J'ai raconté à Lord Henri,

tous les animaux que nous avons réussi à observer ! Et notre record, avec les cinq Mésanges des Neiges. Il n'en revenait pas, il n'a même pas su quoi dire ! Mais maintenant, il va annoncer à nos amies combien de Points Diadème nous avons mérités... Beaucoup, beaucoup plus que les autres !

Elle affiche un vilain sourire.

Je me demande ce que pense Lord Henri... Il fait une tête bizarre. Pourtant, il réplique juste :

— En effet, Princesse Perla. J'ai une annonce importante à faire.

— Je vous remercie infiniment, Lord Henri ! minaude-t-elle alors. Nous nous sommes donné tant de mal, avec Précieuse...

Là, elle me lance un regard noir et persifle :

— Mais, bien sûr, nous avons eu moins de chance que les élèves de la Chambre des Lys. Il paraît qu'elles, elles ont vu une licorne. Isabelle s'en vante assez !

Aussitôt, tous les yeux se tournent vers moi. Je rougis de honte. D'abord, je ne me vante jamais ! Et puis, nous avons vraiment vu une licorne... Deux, même !

Je réponds tout à coup avec assurance :

— C'est la vérité, Lord Henri ! Nous avons aperçu une licorne et son petit !

Plus personne ne bouge, soudain.

Enfin, Lord Henri quitte la table. Nous nous levons toutes, et il s'approche de moi gravement :

— Princesse Isabelle, avez-vous *vraiment* vu une licorne ? Ou bien mentez-vous comme les jumelles au sujet de leurs prétendues Mésanges des Neiges ?

Quel silence, brusquement, dans la salle à manger...

Précieuse écarquille les yeux, tandis que Perla se met à trépigner de rage.

— Je ne mens jamais ! Puisque je vous dis que je les ai vues, ces cinq Mésanges des Neiges ! Il y en avait bien cinq ! N'est-ce pas, Précieuse ?!

— Ça suffit !

Lord Henri a un ton si autoritaire que cette chipie s'interrompt en plein milieu de sa phrase.

— Ne vous ridiculisez pas plus, Princesse Perla, continue-t-il. Les Mésanges des Neiges n'existent pas. J'ai inventé cette petite farce

pour pimenter vos recherches dans la forêt. Vous voilà bien attrapées !

Les jumelles retournent s'asseoir, muettes d'embarras. À leur place, je voudrais me cacher dans un trou de souris !

— À vous, Princesse Isabelle, enchaîne Lord Henri.

— Avec mes amies, nous avons vu une licorne ! je répète. Elle était avec son bébé. Ils étaient dans une clairière, tout près du sommet du Pic du Sapin Blanc !

Je prends une grande respiration, puis je décide de révéler la suite :

— Plus tard, j'ai revu le petit. J'étais toute seule. Il se tenait au bord du ruisseau. J'ai même remarqué une marque étrange, sur son cou...

Lord Henri sourit.

— Qu'avez-vous vu, exactement ?

— Une marque en forme de « S » ! Comme une tache de naissance.

Lord Henri fait une de ces têtes, tout à coup ! Un moment, j'ai l'impression qu'il va danser de bonheur !

— Ainsi, c'est vrai ! se réjouit-il.

Et en effet, il m'entraîne dans une valse effrénée ! J'en vacille sur mes jambes !

— Merci, Princesse Isabelle !

Ce « S » prouve votre bonne foi ! C'est la marque secrète des licornes du Pic du Sapin Blanc. Elles naissent toutes avec. Vous avez rencontré ma chère Blanche-Crinière !

Il éclate de rire et conclut :

— Mon château est sauvé, les licornes n'ont pas migré au nord ! Il faut célébrer cela dès ce soir avec un grand bal ! Fée Angora, acceptez-vous de m'offrir une pincée de votre magie ?

Chapitre six

Fée Angora a parfois quelques petits soucis avec ses pouvoirs magiques... Mais pas aux Monts Légendaires !

Elle agite sa baguette et... une mini Voie Lactée apparaît au plafond de la Salle de Bal de la Forteresse des Cimes !

Une ribambelle d'étoiles y scintille tandis que des clochettes d'argent flottent au-dessus de nos têtes. Des rubans roses se nouent contre les murs, et une joyeuse musique approche du château. Lord Henri ouvre la porte princi-

pale : un orchestre majestueux entre en jouant une joyeuse symphonie. Les six musiciens portent d'élégantes tenues en satin argenté et velours rose : l'harmonie est parfaite !

— Dommage que nous n'ayons

pas de robes de bal, regrette tout bas Inès.

— Des robes de bal ? répète Lord Henri. Mais j'ai ce qu'il vous faut !

Il nous conduit à l'étage, dans un vestiaire plein d'armoires en bois massif.

— Servez-vous, je vous en prie !

Nous sommes éblouies : les penderies regorgent de vêtements somptueux ! Nous choisissons chacune notre robe favorite, que Fée Angora ajuste à notre taille d'un coup de baguette magique. Si tu voyais ça : du sur mesure !

Nous redescendons alors le grand escalier, et une sonnerie de trompette annonce notre

retour dans la Salle de Bal.

Nous valsons, chantons, nous amusons jusqu'à minuit !

À la fin, les étoiles magiques s'éteignent une à une. Les musiciens s'inclinent, puis ils rangent leurs instruments et s'en vont...

— Allons, mes chéries ! nous presse Fée Angora. Il est l'heure de se coucher !

Nous remercions Lord Henri. La soirée a été merveilleuse !

En remontant à notre chambre, dans la haute tour, nous bâillons et bâillons encore. Nous sommes vraiment très fatiguées !

D'ailleurs, Emma et Inès s'écroulent sur leur lit ! Moi, je contemple le paysage nocturne, à la fenêtre...

Et soudain, j'aperçois la licorne et son petit, éclairés par un rayon de lune ! Ils sont tellement blancs qu'ils semblent irréels...

Ils avancent d'un pas élégant jusqu'au bord du pont-levis.

Lord Henri est à la porte de la forteresse. Il a l'air heureux ! Alors, Blanche-Crinière le salue d'un hennissement, puis elle repart dans les bois, son petit trottant derrière elle. Décidément, quelle belle journée !

Je me glisse avec délices sous ma couette. Lucie me souhaite bonne nuit en murmurant :

— C'était fantastique, n'est-ce pas ? Le bal, les licornes...

— Oui, mais le mieux, c'est que nous étions toutes ensemble ! j'ajoute en riant.

C'est vrai : j'ai la chance

unique d'avoir les six meilleures amies de l'univers :

Anna, Emma, Lucie, Sarah, Inès... et toi !

FIN

Que se passe-t-il ensuite ?
Pour le savoir,
regarde vite la page suivante !

L'aventure continue à la Princesse Academy avec Princesse Lucie !

Pas de chance : Princesse Lucie est nulle en sport et elle risque de faire perdre son équipe à la grande compétition du Château de Nacre ! Heureusement, la Reine Marjorie a trouvé une idée pour la faire participer : Lucie va compter les Points Diadème des autres princesses... et s'occuper du chiot que la Reine Marjorie cache dans son bureau ! Tout irait bien si Truffe-Caramel n'était pas si turbulent...

Pour connaître la date de parution de ce tome, inscris-toi à la newsletter du site :
www.bibliothequerose.com

Les as-tu tous lus ?

Retrouve toutes les histoires de la
Princesse Academy dans les livres précédents.

Princesse Charlotte ouvre le bal

Princesse Katie fait un vœu

Princesse Daisy a du courage

Princesse Alice et le Miroir Magique

Princesse Sophie ne se laisse pas faire

Princesse Émilie et l'apprentie fée

Saison 2 : les Tours d'Argent

Princesse Charlotte et la Rose Enchantée

Princesse Katie et le Balai Dansant

Princesse Daisy et le Carrousel Fabuleux

Princesse Alice et la Pantoufle de Verre

Princesse Sophie et le bal du Prince

Princesse Émilie et l'Étoile des Souhaits